U0745166

刘亮程童年与故乡系列

# 谁的影子

刘亮程／著　大吴／绘

山东教育出版社

**图书在版编目（CIP）数据**

谁的影子 / 刘亮程著；大吴绘. 一济南：山东教育出版社，
2022. 4

ISBN 978-7-5701-1960-8

Ⅰ. ①谁⋯　Ⅱ. ①刘⋯ ②大⋯　Ⅲ. ①散文集 - 中国 - 当代
Ⅳ. ① I267

中国版本图书馆 CIP 数据核字（2022）第 004988 号

谁的影子
SHUI DE YINGZI
刘亮程 著　大吴 绘

主管单位：山东出版传媒股份有限公司
出版人：刘东杰
出版发行：山东教育出版社
地址：济南市市中区二环南路 2066 号 4 区 1 号
邮编：250003
电话：（0531）82092660
网址：www.sjs.com.cn
印刷：凸版艺彩（东莞）印刷有限公司
版次：2022 年 4 月第 1 版
印次：2022 年 4 月第 1 次印刷
开本：889 mm×1270 mm　1/32
印张：4.5
印数：1—10000
字数：50 千
定价：30.00 元

（如印装质量有问题，请与印厂联系调换）
印厂电话：0769 - 88916888

刘亮程，新疆人，著有诗集《晒晒黄沙梁的太阳》，散文集《一个人的村庄》《在新疆》，长篇小说《虚土》《凿空》《捎话》《本巴》，随笔访谈《把地上的事往天上聊》。多篇文章收入中学语文教材，获鲁迅文学奖等奖项。任中国作协散文委员会副主任、新疆作协副主席。2014年入住新疆木垒县菜籽沟村，创建菜籽沟艺术家村落及木垒书院，现在书院过耕读生活。

# 一片叶子下生活

## 逃跑的粮食

那片正午田野的明亮安静，一直延伸到我日渐开阔的中年人生。

成长着的庄稼，不以它们的成长惊扰我们。

跳过水渠，走上一段窄窄田埂。你的长裙不适合在渠沟交错的田地间步行，却适合与草和庄稼沾惹亲近。

一村庄人在睡午觉。大片大片的庄稼们，扔给正午灼热的太阳。

我们说笑着走去时，是否惊扰了那一大片玉米的静静生长。你快乐的欢笑会不会使早过花期的草木，丢下正结着的种子，返身重蹈含苞吐蕊的花开之路？

我听说玉米是怕受惊吓的作物。谷粒结籽时，听到狗叫声就会吓得停住，往上长一叶子，狗叫声停了再一点一点结籽。所以，到秋天掰苞谷时，我们发现有些棒子上缺一排谷粒，有些缺两三排。还有的棒子半截了没籽，空秃秃的，像遗忘了一件事。

到了七月，磨镰刀的声音会使麦子再度返青。这些种地人都知道。每年这个月份农人闭户关门，晚上不点灯，黑黑地把镰刀磨亮。第二天一家人齐齐来到地里，镰刀高举。麦子看见农人来了，知道再跑不掉，就低头受割。

返青是麦子逃跑的方式之一。它往回跑。其余的我就不说了。我要给粮食留一条路，只有它们和我知道的逃跑之路。

庄稼地和村子其实是两块不一样的作物，它们相互收割又相互种植。长成一代人要费多少个季节的粮食。多少个季节的粮食在这块地里长熟时，一代人也跟着老掉了。

更多时光里这两块作物相互倾听。苞谷日日听着村子里的事情抽穗扬花，长黄叶子。人夜夜耳闻庄稼的声音入梦。村里人睡觉，不管头南头北，耳朵总对着自己的庄稼地。地里一有响动人立马惊醒，上房顶望一阵。大喝一声。全村的狗一时齐吠。狗一吠，村子周围的庄稼都静悄悄了。

我说的这些你会不会听懂。你快乐的笑声肯定让这块庄稼有个好收成。它们能听懂你的欢笑。我也会。

走完这段埂子，我希望能听懂你说话的心。就像农人听懂一棵苞米。一地苞米的生长声，尽管我们听不见，但一定大得吓人。

你看农人在地里，很少说话。怕说漏了嘴，让作物听见。一片麦地如果听见主人说，明年这块地不种麦子了，它就会记在心里，刮风时使劲儿摇晃，摇落许多麦粒。下年不管农人种啥，它都会长出一地麦苗子。

麦子会自己种自己。还会逃跑。

种地人一辈子扛着锨追赶粮食。打好多埂子拦住粮食，挖渠沟阻挡粮食，捆绑粮食，碾碎粮食。离心最近的地方盛装粮食。粮食跑到哪里就追赶到哪里。托老带幼，背井离乡，千里万里就为了一口粮食。

有一种粮食在人生的远路上，默默黄熟，摇落在地。我们很少能被它滋养。我们徒劳的脚，往往朝着它的反方向，奔波不已。

说出这些并不是，我已经超越俗世的粮食。正相反，多少年来我一直，被俗世的粮食亏欠着，没有气力走向更远处。

我只是独自怀想那片远地上的麦子，一年年地熟透黄落，再熟透黄落。我背对它们，走进这片村庄田野里。

对我来说，能赶上这一季的苞谷长熟，已经是不错的幸福，尽管不是我的。还有比我更幸福的那一村人，他们被眼看成熟的庄稼围住，稻子，苞米，葵花，在他们仰面朝天的午睡里，又抽穗又长籽。

只有他们知道，今年的丰收是跑不掉了。

## 驴脑子里的事情

縻在渠沿上的一头驴，一直盯着我们走到眼前，又走过去，还盯着我们看。它吃饱了草没事，看看天，眯一阵眼睛，再看几眼苞谷地，望望地边上的村子，想着大中午的，主人也不牵它回去歇凉。

你知道吗，驴眼睛看人最真实，它不小看人，也不会看大。只斜眼看人。鸡看人分七八截子，一眼一眼地看上去，脑子里才有个全人的影像。而且，鸡没记性，看一眼忘一眼。鸡主要看人手里有没有撒给它的苞谷，它不关心人脖子上面长啥样子。

据说牛眼睛里的人比正常人大得多。所以牛服人，心甘情愿让人使唤。鹅眼睛中人小小的，像一只可以吃掉的虫子。所以鹅不怕人，见了人直扑过来，嘴大张，"鹅鹅"地叫，想把人吞下去。人最怕比自己胆大的动物。人惹狗都不敢惹鹅。

老鼠只认识人的脚和鞋子。人的腿上面是啥东西它从来不知道。人睡着时老鼠敢爬到人脸上，往人嘴里钻，却很少敢走近人的鞋子。人常常拿鞋子吓老鼠，睡前把鞋放在头边，一前一后，老鼠以为那里站着一个人，就不敢过来。

你知道那头驴脑子里想啥事情？

走出好远了驴还看着我们。我们回头看它时，它把头转了过去，但我知道它仍在看。它的眼睛长在头两边，只要它转一下眼珠子，就会看见我们一前一后走进苞谷地。

一道窄窄的田埂被人走成了路，从苞谷地中穿过去。刮风时两块苞谷地的叶子会碰到一起。这可能是两家人的苞谷。长成两种样子。这我能看出来。左边这块肯定早播种两三天，叶子比右边这片的要老一些。右边这片的肥料充足，苞谷秆壮，棒子也粗实。一家人勤快些，一家人懒，地里的草在告诉我。

我说，即使我离开二百年回来，我仍会知道这块田野上的事情，它不会长出让我不认识的作物。麦子收割了，苞谷还叶子青青长在地里。红花红到头，该一心一意结它有棱角的种子。它的刺从今天开始越长越尖硬，让贪嘴的鸟儿嘴角流血，歪着身子咽下一粒。还有日日迎着太阳转动的金黄葵花，在一个下午脖子硬了，太阳再喊不动它。

也许那头驴脑子里的事情，是这片大地上最后的秘密。它不会泄露的心思里，会留下怎样的一个故事。

## 一片叶子下生活

如果我们要求不高，可以在一片叶子下安置一生的日子。花粉佐餐，露水茶饮，左邻一只叫花姑娘的甲壳虫，右邻两只忙忙碌碌的褐黄蚂蚁。这样的秋天，各种粮食的香味弥漫在空气里，粥一样稠浓的西北风，喝一口便饱了肚子。

我会让你喜欢上这样的日子，生生世世跟我过下去。叶子下怀孕，叶子上产子。我让你一次生一百个孩子。他们三两天长大，到另一片叶子下过自己的生活。我们计划好用多久时间，让田野上到处是我们的子女。他们天生可爱懂事，我们的孩子，只接受阳光和风的教育，在露水和花粉里领受我们的全部旨意。他们向南飞，向北飞，向东飞，都回到家里。

如果我们要求不高，一小洼水边，一块土下，一个浅浅的牛蹄窝里，都能安排好一生的日子。针尖小的一丝阳光暖热身子，头发细的一丝清风，让我们凉爽半个下午。

我们不要家具，不要床，困了你睡在我身上，我睡在一粒发芽的草籽上，梦中我们被手掌一样的蓓蕾捧起，越举越高，醒来时就到夏天了。扇扇双翅，我要到花花绿绿的田野转一趟。一朵叫紫胭的花上你睡午觉，一朵叫红媚的花儿在头顶撑开凉棚。谁也不惊动你，紫色花粉粘满身子，红色花粉落进梦里。等我转一圈回来，拍拍屁股，宝贝，快起来，东边那片麦茬地里空空荡荡，我们赶紧把子孙繁衍到那里。

如果不嫌轻，我们还可以像两股风一样过日子。春天的早晨你从东边那条山谷吹过来，我从南边那片田野刮过去。我们遇到一起合成一股风。是两股紧紧

抱在一起的风。

我们吹开花朵不吹起一粒尘土。

吹开尘土，看见埋没多年的事物，跟新的一样。

当更大更猛的风刮过田野，我们在哗哗的叶子声里藏起了自己，不跟他们刮往远处。

围绕村子，一根杨树枝上的红布条够你吹动一个下午。一把旧镰刀上的斑驳尘锈够我们拂拭一辈子。生活在哪儿停住，哪儿就有锈迹和累累尘土。我们吹不动更重的东西：石磨盘下的天空草地。压在深厚墙基下的金子银子。还有更沉重的这片村庄田野的百年心事。

也许，吹响一片叶子，摇落一粒草籽，吹醒一只眼睛里的晴朗天空——这些才是我们最想做的。

可是，我还是喜欢一片叶子下的安闲日子，叶子上怀孕，叶子下产子。田野上到处是我们可爱的孩子。

如果我们死了，收回快乐忙碌的四肢，一动不动躺在微风里。说好了，谁也不蹬腿，躺多久也不翻身。

不要把我们的死告诉孩子。死亡仅仅是我们的事。孩子们会一代一代地生活下去。

如果我们不死，只有头顶的叶子黄落，身下的叶子也黄落。落叶铺满秋天的道路。下雪前我们搭乘拉禾秆的牛车回到村子。天渐渐冷了。我们不穿冬衣。长一身毛。你长一身红毛，我长一身黑毛。一红一黑站在雪地。太冷了就到老鼠洞穴、蚂蚁洞穴避寒几日。

不想过冬天也可以，选一个隐蔽处昏然睡去，一直睡到春暖草绿。睁开眼，我会不会已经不认识你，你会不会被西风刮到河那边的田野里。冬眠前我们最好手握手面对面，紧抱在一起。春天最早的阳光从东边照来，先温暖你的小身子。如果你先醒了，坐起来等我一会儿。太阳照到我的脸上我就醒来，动动身体，睁开眼睛，看见你正一口一口吹我身上的尘土。

又一年春天了。你说。

又一年春天了。我说。

我们在城里的房子是否已被拆除。在城里的车是否已经跑丢了轱辘。城里的朋友，是否全变成老鼠，顺着墙根溜出街市，跑到村庄田野里。

你说，等他们全变成老鼠了，我们再回去。


## 迟疑的刀

这是别人的田野，有一条埂子让我们走路，一渠沟秋水让你洗手濯足。有没有一小块地，让我们播自己的种子。

我们有自己的种子吗？如果真有一块地，几千亩、几万年这样大的地，除了任它长草开花，长树，落雪下雨，荒成沙漠戈壁，还能种下什么呢。

　　当我们一路忙活着走远时，大地上的秋天从一粒草籽落地开始，一直地铺展开去。牛车走坏道路。鸟儿在空中疾飞急叫，眼睛都红了。没有粮仓的鸟儿们，眼巴巴看着人一车车把粮食全收回去。随后的第一场雪，又将落地的谷粒全都盖住。整个冬天鸟站在最冷的树枝上，盯着人家的院子，盯着人家的烟囱冒烟，一群伙地飞过去，围着黑烟囱取暖。老鼠在人收获前的半个月里，已经装满仓，封好洞，等人挥镰舞叉来到地里，老鼠已步态悠闲地在田间散步，装得若无其事，一会儿站在一块土疙瘩上叫一声"快收快收，要下雨了"，一会儿又在地头喊"这里漏了两束麦子，捡回去，别浪费了"。

每当这个时候，你知道谁在收割人这种作物，一镰挨一镰地，那把刀从来不老，从不漏掉一个，嚓嚓嚓的收割声响在身后，我们回过头，看见自己割倒的一片麦田，看见田地那儿，几千几万里的莽莽大野里，几万万年间的人们，一片片地割倒在地，我们是剩在地头的最后的一长溜子。

我们青青的叶子是否让时光之镰稍稍缓迟。

你勉力坚持，不肯放弃的青春美丽，是否已经改变了命运前途。

我看见那个提刀的人，隐约在田地那边。在随风摇曳的大片麦穗与豆秧那头，是他一动不动的那颗头。

他看着整个一大片金黄麦田。

他下镰的时候，不会在乎一两株叶青穗绿的麦子。

他的镰刀绕不过去。他的收成里不缺少还没成熟的那几粒果实。他的喜庆中夹杂的一两声细微哭泣，只有我们听见。他的镰刀不认识生命。

他是谁呢。

当那把镰刀握在我们手中，我们又是谁呢。


我在老奇台半截沟村一户人家门前的地里，见过独独的一株青玉米。其他的玉米秆全收割了，一捆捆立在地边。这株玉米独独地长在地中间，秆上结着一大一小两个青棒子，正抽穗呢。

陪同的人说，这户人家日子过得不好，媳妇跑掉了，丢下一个五六岁的孩子，跟父亲一起过生活。种几亩地，还养了几头猪。听说还欠着笔钱，日子紧巴巴的。

正是九月末的天气，老奇台那片田野的收获已经结束。麦子在七月就收割完。麦茬地已翻了一半，又该压冬麦了。西瓜落秧。砍掉头的葵花秆，被压倒切碎，埋在地里。

几乎所有作物都缩短了生长期。田野的生机早早结束。还有一个多月的晴热天气。那株孤独的青玉米，会有足够的时间抽穗，结籽，长成果实。

在这片大地的无边收割中，有一把镰刀迟疑了，握刀的手软了一下——他绕过这株青玉米。

就像我绕过整个人世，在一棵草叶下停住脚步。

这个秋天嚓嚓嚓的镰刀声在老奇台的田野上已经停息，在别处的田野上它正在继续，一直要到大雪封地，依旧青青的草和庄稼就地冻死，未及收回的庄稼埋在雪中，留给能够熬过冬天、活到雪消地开的鸟和老鼠。这都是再平常不过的事。这场可怕的大收获中，唯一迟疑的那把镰刀，或许已经苍老。它的刃锈蚀在迟疑的那一瞬间。它的光芒不再被人看见。

现在，那把镰刀就扔在院墙的破土块上，握过它的手正提着一桶猪食。他的几头猪在圈里哼哼了好一阵了。我们没有打扰他。甚至没问他一句话。

这是他再平常不过的生活了。他可怜的一点收获淹没在全村人的大丰收里。他有数的几头猪都没长大，不停地要食。他已该上学的儿子在渠沟玩泥巴，脸上，手上，前胸后背的斑斑泥土，不知要多久才能一点点脱去，或许一辈子都不会——这个孩子从泥土中走出来，是多么地遥远和不易。

但他留住的那株唯一的青玉米，已经牢牢长在一个人心里——这是 2000 年秋天，我在这片村庄大地的

行走中遇到的最有意义的一件事。

　　日子没过好的一户穷人，让一株青玉米好好地生长下去。那最后长熟的两棵棒子，或许够我吃一辈子。

　　但我等不到它长熟。这户人家也不会用它做口粮。他只是让它长老，赶开羊，打走一头馋嘴的牛，等它结饱籽粒，长黄叶子，金色的穗壳撒落在地，又随风飘起。那时他会走过去，三两下把棒子掰了，扔进猪圈里。

# 炊烟是村庄的根

当时在刮东风，我们家榆树上的一片叶子，和李家杨树上一片叶子，在空中遇到一起，脸贴脸，背碰背，像一对恋人或兄弟，在风中欢舞着朝远处飞走了。它们不知道我父亲和李家有仇。它们快乐地飘过我的头顶时，离我只有一膀子高，我手中有根树条就能打落它们。可我没有。它们离开树离开村子满世界转去了。我站在房顶，看着满天空的东西向东飘移，又一个秋天了，我的头愣愣的，没有另一颗头在空中与它遇到一起。

如果大清早刮东风，那时空气潮湿，炊烟贴着房顶朝西飘。清早柴火也潮潮的，冒出的烟又黑又稠。在沙沟沿新户人家那边，张天家的一溜黑烟最先飘出村子，接着王志和家一股黄烟飘出村子。烧碱蒿子冒黄烟，烧麦草和苞谷秆冒黑烟，烧红柳冒紫烟、梭梭柴冒青烟、榆树枝冒蓝烟……村庄上头通常冒七种颜色的烟。

老户人家这边，先是韩三家、韩老二家、张桩家、邱老二家的炊烟一挨排出了村子。路东边，我们家的炊烟在后面，慢慢追上韩三家的炊烟，韩元国家的炊烟慢慢追上邱老二家的炊烟。冯七家的炊烟慢慢追上张桩家炊烟。

我们家烟囱和韩三家烟囱错开了几米，两股烟很少相汇在一起，总是并排儿各走各的，飘再远也互不理识。韩元国和邱老二两家的烟囱对个正直，刮正风时不是邱老二家的烟飘过马路追上韩元国家的，就是韩元国家的烟越过马路追上邱老二家的。两股烟死死缠在一起，扭成一股朝远处飘。

早先两家好的时候，我听见有人说，你看这两家好得连炊烟都缠抱在一起。后来两家有了矛盾，炊烟仍旧缠抱在一起。韩元国是个火暴脾气，他不允许自家的孩子和邱老二家的孩子一起玩，更不愿意自家的炊烟与仇家的纠缠在一起，他看着不舒服，就把后墙上的烟囱捣了，挪到了边墙上。再后来，我们家搬走的前两年，那两家又好得不得了了，这家做了好饭隔着路喊那家过来吃，那家有好吃的也给这家端过去，连两家的孩子间都按大小叫哥叫弟。只是那两股子炊烟，再走不到一起了。

如果刮一阵乱风，全村的炊烟像一头乱发绞缠在一起。麦草的烟软，梭梭柴的烟硬，碱蒿子的烟最呛人。谁家的烟在风中能站直，谁家的烟一有风就趴倒，这跟所烧的柴火有关系。

炊烟是村庄的头发。我小时候这样比喻。大一些时我知道它是村庄的根。我在滚滚飘远的一缕缕炊烟中，看到有一种东西被它从高远处吸纳了回来，*丝丝缕缕*地进入每一户人家的每一口锅底、锅里的饭、碗、每一张嘴。

夏天的早晨我从草棚顶上站起来，我站在缕缕炊烟之上，看见这个镰刀状的村子冒出的烟，在空中形成一把巨大无比的镰刀，这把镰刀刃朝西，缓慢而有力地收割过去，几百个秋天的庄稼齐刷刷倒了。

# 树倒了

## 砍树

"嚓、嚓"的砍树声劈进人的脑子里。斧头在砍村里的一棵树，砍树声在劈人脑子里的一棵树。被砍的杨树有一百多岁了。一百多岁就是活老三代人的年月。老额什丁当村长的时候，这棵树中间就死掉了，只有树皮在活，死掉的树心一点点变空，里面能钻进去孩子。过了好些年，亚生当村长那时，杨树的一半死了，一半还活着。再过了些年，石油卡车开进村子，村边荒野上打出石油，杨树的另一半也死了。死了的杨树还长在那里，冬天和别的树一样，秃秃的。春天就区别开来。

为啥死树一直没砍掉。因为这棵树和买买提的名字连在一起。阿不旦村五百三十一口人，有七十三个买买提。怎么区别呢。只有给每个买买提起一个外号。大杨树底下的买买提就叫杨树买买提。住在大渠边的买买提叫大渠买买提。家里有骡子的叫骡子买买提。没洋岗子的买买提叫光棍买买提，后来又娶了洋岗子就叫以前的光棍买买提。老早前有一个买买提去过一趟乌鲁木齐，回来老说乌鲁木齐的事，大家就把他叫乌鲁木齐买买提。

老杨树刚死时就有人要砍，村长亚生没同意。

"那不仅是一棵树，它和一个人的名字连在一起。只要杨树买买提活着，这棵树就不能动。"

前年杨树买买提死了，活了七十七岁。

杨树买买提的儿子艾肯找到亚生村长，要砍这棵树。

"你父亲才死，你就等不及，要把和他老人家名字连在一起的树砍掉。"

"我怕被别人砍了，树长在我们家门前，又和我爸爸名字连在一起，我们想要这棵树。"

"那你也要等两年，好让你父亲在那边住安稳了。砍树声会把他老人家吵醒的。"

今年杨树买买提的儿子又找村长。

村长说："树是公家的，要作个价。"

"那你作价吧。"

"树干空了，但做驴槽是最好的，上面两个支干可以当椽子，就定两根椽子的价，四十块钱吧。"

"有一个支干不直，一个长得不匀称，小头细细的，当不成椽子，顶多搭个驴圈棚。"

"这么大一棵树，砍倒了三个驴车拉不走，卖柴火都卖八十块钱，我看在你是杨树买买提的儿子的份上，就算了半价，你赶快把钱交了去砍吧，别人知道了，一百块钱都有人要。"

杨树买买提的大儿子艾肯带着自己的儿子开始砍树。父子俩，一五十岁，一个二十五岁。两个人年龄加起来，是大杨树年龄的一半。他们站在杨树下，像树不经意长出的两个小木疙瘩。

砍树的声音把半村庄人招来了。

这是村里长得最老的一棵杨树，年龄不算大，村里好多桑树、杏树，都比它年龄大得多，都活得好好的，每年结桑子结杏子。杨树啥都不结，每年长叶子落叶子，它的命到了。一棵死树看上去比所有树都老。它活着的时候，年龄没有别的树大，它一死，就是最大最老的，它都老死了，谁能比过它。

## 三个厉害东西

砍树的斧头是借库半家的钢板斧，那是村里最厉害的一把斧头，用卡车防震钢板打的，一拃半宽的刃，两拃长的斧背。遇到砍大树的活，树太粗下不了锯，都得请出这把斧头来。村里好多大树都是这把斧头放倒的。不白用，还斧头时，顺便带一截木头梢，算是礼节，就像借用了人家的驴，还回去时驴背上搭一捆青草。

除了斧头，还借来老乌普家的绳子，砍之前，艾肯把绳子一头拴在儿子的腰上，儿子爬到树半腰，快到有鸟窝的地方，把绳子绑到树上。

阿不旦村有三件厉害东西，一下用了两件。三件厉害东西除了库半家的斧头、老乌普家的绳子，还有会计家的锅。

老乌普家的绳子有几十米长，胳膊粗。据乌普自己说，是从一辆卡车上掉下来的。怎么掉下来的呢？老乌普说，他们家房后的马路上有一块黑石头，一天卡车过去的时候颠了一下，一堆绳子掉下来。有人说公路上的黑石头是乌普自己放的，石头和路一个颜色，汽车不注意，乌普天天坐在后墙根，看路上过汽车。多少年来那块石头帮他从汽车上颠下好多好东西，绳子只是其中一个。老乌普把绳子割了一大半，拿到巴扎上卖了，剩下的三十米还是村里最长最结实的。驴车拉一般的东西时，根本用不上它，只有四轮拖拉机拉麦捆子，拉干草和苞谷秆时，能用上。乌普家没有拖拉机，那些有拖拉机的人家都没有这么长的绳子，就借乌普家的。绳子还回来时，乌普把绳子重新盘一次，盘够三十圈，打个结，挂到里屋房梁上。

会计家的大锅是大集体时给全村人做饭用的，包产到户分集体财产，铁锅作了一只羊的价，会计少要了一只羊，把大铁锅搬回家。到现在，他的大铁锅不知把多少只羊挣了回来，村里谁家结婚、割礼、丧葬，都会用他的大铁锅做抓饭，用完还锅时，最少也会端一盘子抓饭，上面摆几块好肉。好几十公斤的铁锅，将来用坏了，卖废铁也是不少的一笔钱。

大铁锅配有两个铁锨一样的大锅铲，是铁匠吐迪早年打制的，做抓饭时一边站一人，用大锅铲翻里面的米和肉。

杨树买买提不在时，家里人就用这口大铁锅做的抓饭，一只大肥羊，八十公斤大米，一百公斤胡萝卜，四十公斤皮牙子，十公斤清油，锅还没装满，已经让全村人吃饱了。

## 眼睛

砍树的声音把艾肯的儿子吓住了，每砍一斧头，都像一个老人叫唤一声。儿子不敢砍了。他听到爷爷病死前的哎哟声，那个从爷爷苍老空洞的肺腔里发出的声音，跟斧头落下时杨树的叫声一模一样。爷爷就是这样哎哟吭哧地叫唤了五天五夜，死掉了。

"我们不砍了吧，砍倒也没啥用处。让它长着去吧。"儿子说。

"我们钱都交了。"父亲艾肯说。

半村人围到大杨树旁，帮忙砍的人也多，那些年轻人、中年人，都想挽了袖子露两下。尤其用的是库半家的大板斧，好多人没机会摸它呢。砍树变成抢斧头表演，等到人们都过完砍树的瘾，剩下的就是父子俩的活了。

几个老头坐在墙根远远看，看见自己的孩子围过去，喊过来骂一顿，撵回去。老人说，老树不能动，树过了一百年，死活都成精了。和爷爷一起长大的树，都是树爷爷。杨树六年成椽子，二十年当檩子，杨树就这两个用处。锯成板子做家具不行，不结实，会走形。过三十年四十年，杨树里面就空了。一棵爷爷栽的杨树，父亲没砍，孙子就不再动了。父亲在儿子出生后，给他栽一些树，长到二十几岁结婚时，刚好做檩子，盖新房，娶媳妇。父亲栽的树儿子不会全用完，留下一两棵，长到孙子长大。一棵树要长到足够大，就一直长下去，长到老死。死了也一样长着，给鸟落脚、筑窝。砍倒只能当烧柴。或者扔到墙根，没人管朽掉。还不如让树长着，长着也不占地方。

## 树耳

大杨树五十岁时，树心朽了，那时杨树就不想活了。一棵树心死了是什么滋味，人哪能知道，树从最里面的年轮一圈一圈往外朽、坏死。朽掉的木渣被蚂蚁搬出来，冬天风刮进树心里，透心寒。玩耍的孩子钻进树心，让空心越来越大。树一开始心疼自己朽掉的树心，后来朽得没心了，不知道心疼了。树也不想死和活的事。树活不好也没办法死，树不会走。树闭住眼睛，半死不活地又过了几十年，有些年长没长叶子，树都忘了。

早年树上有鸟窝，住着两只黑鸟。叫声失惊倒怪的，"啊啊"地叫，像很夸张的诗人。树在鸟的"啊啊"声里长个子、生叶子，后来树停住生长了，只是活着。高处的树梢死了，有的树枝也死了，没死的树枝勉强长些叶子，不到秋天早早落光。鸟看树不行了，也早早搬家。鸟知道树一死，人就会砍倒树。

树上蚂蚁比以前多了，蚂蚁排着队，爬到树梢，翻过去，又从另一边回来。蚂蚁在树干上练习队形。蚂蚁不需要找食吃，树就是蚂蚁的食物。蚂蚁把朽了的树心吃了，耐心等着树干朽掉。蚂蚁从朽死的树根钻到地下，又从朽空的树干钻到半空中。

鸟落在树上吃蚂蚁。蚂蚁不害怕，鸟站在蚂蚁的长队旁，拣肥大的蚂蚁吃，一口叨一个，有时一口两个三个。蚂蚁管都不管，队形不乱，一个被叨走，下一个马上补上，蚂蚁知道鸟吃不光自己，蚂蚁的队伍长着呢，从树根到树梢，又从树梢连到树根,川流不息。

大杨树有三条主根，朝南的一条先死了。朝北的一条跟着死了。剩下朝西的一条根。那时候树干的多半已经枯死，剩余的勉强活了两年也死了。朝西的树根不知道外面的树干死了。树干也不知道自己死了，还像以前一样站着，它浑身都是开裂的耳朵，却没有一只眼睛。它看不见。

有几个夏天，它听到头顶周围的树叶声，以为是自己的叶子在响。它要有一只眼睛，朝上看一下，也知道自己死了。可是，它没有眼睛，所有开裂的口子都变成耳朵。它是一棵闭住眼睛倾听的树。一百年来村里的所有声音它都听见了，却没有听到自己的死亡。树的死亡没有声音。人死了有声音。亲人在哭，人死前自己也哭。树下的杨树买买提临死前就经常在夜里哭，哭声只有大白杨树听见。哭是这个人最后能做的一点事情，他放开在哭，眼泪敞开流，泪哭干，嗓子哭哑的时候，气断了，眼睛知道气断了，惊愕地瞪了一下，闭上了。树听到那个人闭眼睛的声音，房顶塌下来一样。

树的耳朵里村子的声音一点没少，它一直以为自己还活着。直到斧头砍在身上，它的根和枝干都发出空洞的回声，树才知道自己死了，啥时候死的它不知道。树埋怨自己浑身的耳朵，一棵树长这么多耳朵有啥用，连自己的死亡都听不见。

## 斧头

长到能当椽子时，树就感到命到头了。好多和自己一起长大的树，都被砍了，树天天等着挨斧头。树长到胳膊粗那年挨过一次斧头。那是一个刮风的夜晚，有人朝它的根上砍了一斧头，可能天黑，砍偏了，只有斧刃的斜尖砍进树干，树哎哟一声，砍树的人停住了，手在树干上下摸了摸，又在旁边的树上摸了一阵，几十斧头把旁边一棵树放倒，把枝叶和树梢砍掉，扛着一截木头走了。

从那时起树就心惊胆战地活着。长到檩子粗那年，村里盖库房，要选三棵能当檩条的树，几个人扛着斧头在林带里转，这棵树瞅瞅，那棵树上摸摸。开始砍了，杨树听见不远处一棵树被砍倒，那几个人接着砍挨着自己的一棵，那棵树朝自己倒过来，杨树把它抱在怀里，没抱牢，树朝一边倒过去，杨树的几个枝被它拉断。接着一个人提着斧头上下端详自己，头仰得高高，就在这时，一只鸟落到树梢，拉下一滴鸟屎，正好落在那人眼中。那人揉着眼睛转了几圈，觉得倒霉，提起斧头走向另一棵树。

躲过这一劫，树知道自己又能活些年月。树长过当椽子的程度，就只有往檩子奔了。不然二不跨五，当椽子粗当檩子细，啥材都不成。从椽子长到檩子，十几年。这期间村里好多树砍了，树天天等着人来砍它。它旁边的一棵砍倒了，就要轮到它了，不知怎么没人砍了。那一茬杨树里，它独独活下了。树记得它长到檩子粗时，树下人家的主人被人叫了杨树买买提。自己有幸活下来，是否跟这个人有关系呢。

树不害怕死是在树长空心以后。树觉得死就在树的身体里，跟树在一起。树像抱一个孩子一样，把死亡的树心包裹着。

后来死亡越来越大，包不住了，死亡把树干撑开，蚂蚁进来了，虫子进来了，风刮进来雨淋进来。树中间变成一个空洞。死亡朝更高的树心走，走到一个断茬处，和天空走通了，那时树只剩一半活着。活着的一半，抱着死了的一半。活着的树皮每年都向死去的半个枯树干上包裹，就像母亲把衣服向怀里的孩子身上包裹。

这时树听到地下的凿空声。

大杨树朝西的主根先感到了地的震动，听到地下的挖掘声，接着朝北的主根也听到了，它们屏住气听着。下面的挖掘声让树害怕。根感到地下不稳了，东边的末梢根须感到震动就在不远处，好像几个很大的动物在打洞，听到一条凿空的洞，从树根斜下方穿过去。

树一直以为地下是安全的，树长多高，根伸多长。根是树投在地下的影子。树是根做在地上的一个梦。根能看见枝干的样子，根朝南伸展的时候，上面的一个枝也向南生长，树的样子是根设计出来的。风也改变树的样子。风把树刮歪时，根知不知道树歪了？也许不知道。人砍掉一个枝杈根肯定感到疼痛。根以为只要自己在地下扎稳了，树就没事。多少树根在地下扎稳时，树被人砍了，根留在土里。树听到根下的挖掘声时，树恐惧了。

树知道自己死去的时候，心里的所有东西，一下全放下了。

他们砍它时它数着砍伐的声音，数着数着睡着了，倏忽又醒来，未及睁眼，又滑入另一个梦里。在这个更加漫长的梦里它的名字是木头，舒舒展展地躺在地上，像一个干完活的人。木头的耳朵比树多了好多倍，它依旧只会听，看不见。他听到的东西比以前更多更仔细。

## 树倒了

树在太阳偏西时被砍倒。整个白天像一棵树，缓缓朝西斜倒下去。大杨树向东倒去。

砍到剩下树心，大杨树像醉汉一样摇晃了，人都闪开。十几个人拉起拴在树上的绳子。给树选择的倒地方向是东方，那是条路，压不到东西。拉绳子的人似乎没使出多少劲儿，树就朝东边倒过去。

树倒了。树倒地的声音像天塌了一样，先是"嘎巴巴"响，树在骨折筋断声中缓缓倾斜，天空随着树倾斜，西斜的太阳也被拉回来，树倒去的方向人纷纷跑开，狗跑开，鸡和牛跑开，蚂蚁不跑，大树压不死小蚂蚁。

树倒了。"腾"一声巨响。树从天空带下一场大风，地上的树叶尘土升腾起来，升到树梢高，惊愕地看着地上发生的事。孩子在树的倒地声里一阵惊呼。一群麻雀在旁边的树上尖叫。大人面无表情。树躺倒在地上，那么高的一棵树，倒在地上却不显得长。地上比它长的东西太多。路就比它长。孩子呼叫着围上去，抢折树梢上的枝条，那些他们经常仰天望见，从没有爬上去摸见的树梢，现在倒在尘土里。

树倒了。老额什丁仰头望着树刚才站立的地方，空荡荡的，大杨树把这片天空占了上百年，现在腾出

来了。

树倒了。狗跑过来嗅嗅树枝上的大鸟巢，空空的，有鸟的味道。树没倒的时候，狗经常仰头看一对大鸟在树梢的巢里起落。有时夜晚的月亮停在树梢鸟巢边，像一张脸，静静望着巢里的鸟蛋，望着刚出壳的小鸟。狗对着月亮的吠叫突然停住。

树倒了。砍树时树上的鸟早就散了。鸟在天空听见树叫。树的叫声有一百个树那么高，那是一棵声音的大树，刺破天空，穿透大地。

树倒下的地方几天后死了一只鸟，眼睛出血。一只比麻雀稍大的灰鸟。艾肯说，灰鸟经常晚上在大杨树上落脚，它借以前那两只大黑鸟的巢在树上落脚。可能灰鸟晚上过来，以为树梢还在那里，脚一伸，落空了，一头栽下来摔死了。也可能鸟也老了，想落到老杨树上，看见树没了，鸟不想再往别处飞，鸟闭住眼睛，伸直腿，翅膀收起，往下落，最后重重地落在大杨树的断根上。

# 风把人刮歪

刮了一夜大风。我在半夜被风喊醒。风在草棚和麦垛上发出恐怖的怪叫,像女人不舒畅的哭喊。这些突兀地出现在荒野中的草棚麦垛,绊住了风的腿,扯住了风的衣裳,缠住了风的头发,让它追不上前面的风。它撕扯,哭喊。喊得满天地都是风声。

我把头伸出草棚,黑暗中隐约有几件东西在地上滚动,滚得极快,一晃就不见了。是风把麦捆刮走了。我不清楚刮走了多少,也只能看着它刮走。我比一捆麦子大不了多少,一出去可能就找不见自己了。风朝着村子那边刮。如果风不在中途拐弯，一捆一捆的麦子会在风中跑回村子。明早村人醒来，看见一捆捆麦子躲在墙根，像回来的家畜一样。

每年都有几场大风经过村庄。风把人刮歪，又把歪长的树刮直。风从不同方向来，人和草木，往哪边斜不由自主。能做到的只是在每一场风后，把自己扶直。一棵树在各种各样的风中变得扭曲，古里古怪。你几乎可以看出它沧桑躯干上的哪个弯是南风吹的，哪个拐是北风刮的，但它最终高大粗壮地立在土地上，无论南风北风都无力动摇它。

我们村边就有几棵这样的大树，村里也有几个这样的人。我太年轻，根扎得不深，躯干也不结实，担心自己会被一场大风刮跑，像一棵草一片树叶，随风

千里，飘落到一个陌生地方。也不管你喜不喜欢，愿不愿意，风把你一扔就不见了。你没地方去找风的麻烦，刮风的时候满世界都是风，风一停就只剩下空气。天空若无其事，大地也像什么都没发生。只有你的命运被改变了，莫名其妙地落在另一个地方。你只好等另一场相反的风把自己刮回去。可能一等多年，再没有一场能刮起你的大风。你在等待飞翔的时间里不情愿地长大，变得沉重无比。

去年，我在一场东风中，看见很久以前从我们家榆树上刮走的一片树叶，又从远处刮回来。它在空中翻了几个跟头，摇摇晃晃地落到窗台上。那场风刚好在我们村里停住，像是猛然刹住了车。许多东西从天上往下掉，有纸片——写字的和没写字的纸片、布条、头发和毛，更多的是树叶。我在纷纷下落的东西中认出了我们家榆树上的一片树叶。我赶忙抓住它，平放在手中。这片叶的边缘已有几处损伤，原先背阴的一面被晒得有些发白——它在什么地方经受了什么样的阳光。另一面粘着些褐黄的黏土。我不知道它被刮了多远又被另一场风刮回来，一路上经过了多少地方，这些地方都是我从没去过的。它飘回来了，这是极少数的一片叶子。

风是空气在跑。一场风一过，一个地方原有的空气便跑光了，有些气味再闻不到，有些东西再看不到——昨天弥漫村巷的谁家炒菜的肉香，下午晾在树上忘收的一块布，早上放在窗台上写着几句话的一张纸，风把一个村庄酝酿许久的、被一村人吸进呼出弄出特殊味道的一窝子空气，整个地搬运到百里千里外的另一个地方。

每一场风后，都会有几朵我们不认识的云，停留在村庄上头，模样怪怪的，颜色生生的，弄不清啥意思。短期内如果没风，这几朵云就会一动不动赖在头顶，不管我们喜不喜欢。我们看顺眼的云，在风中跑得一朵都找不见。

风一过，人忙起来，很少有空看天。偶尔看几眼，也能看顺眼，把它认成我们村的云，天热了盼它遮遮阳，地旱了盼它下点雨。地果真就旱了，一两个月没水，庄稼一片片蔫了。头顶的几朵云，在村人苦苦的期盼中果真有了些雨意，颜色由雪白变铅灰再变墨黑。眼看要降雨了，突然一阵北风，这些饱含雨水的云跌跌撞撞，飞速地离开村庄，在荒无人烟的南梁上，哗啦啦下了一夜雨。

我们望着头顶腾空的晴朗天空，骂着那些养不乖的野云。第二天全村人开会，做了一个严厉的决定：以后不管南来北往的云，一律不让它在我们村庄上头停，让云远远滚蛋。我们不再指望天上的水，我们要挖一条穿越戈壁的长渠。

那一年村长是胡木，我太年轻，整日缩着头，等待机会来临。


各种各样的风经过了村庄。屋顶上的土，吹光几次，住在房子里的人也记不清楚。无论南墙北墙东墙西墙都被风吹旧，也都似乎为一户户的村人挡住了南来北往的风。有些人不见了，更多的人留下来。什么留住了他们。

什么留住了我。

什么留住了风中的麦垛。

如果所有粮食在风中跑光，所有的村人，会不会在风停之后远走他乡，留一座空荡荡的村庄。

早晨我看见被风刮跑的麦捆，在半里外，被几棵铃铛刺拦住。

这些一墩一墩，长在地边上的铃铛刺，多少次挡住我们的路，挂烂手和衣服，也曾多少次被我们的镢头连根挖除，堆在一起一把火烧掉。可是第二年它们又出现在那里。

我们不清楚铃铛刺长在大地上有啥用处。它浑身的小小尖刺，让企图吃它的嘴、折它的手和践它的蹄远离之后，就闲闲地端扎着，刺天空，刺云，刺空气和风。现在它抱住了我们的麦捆，没让它在风中跑远。

我第一次对铃铛刺深怀感激。

也许我们周围的许多东西，都是我们生活的一部分，生命的一部分，关键时刻挽留住我们。一株草，一棵树，一片云，一只小虫……它替匆忙的我们在土中扎根，在空中驻足，在风中浅唱……

任何一株草的死亡都是人的死亡。

任何一棵树的夭折都是人的夭折。

任何一粒虫的鸣叫也是人的鸣叫。

# 春天的步调

刚发现那只虫子时，我以为它在仰面朝天晒太阳呢。我正好走累了，坐在它旁边休息。其实我也想仰面朝天和它并排儿躺下来。我把铁锨插在地上。太阳正在头顶。春天刚刚开始，地还大片地裸露着。许多东西没有出来。包括草，只星星点点地探了个头，一半还是种子在地里埋藏着。那些小虫子也是一半在漫长冬眠的苏醒中。这就是春天的步骤，几乎所有生命都留了一手。它们不会一下子全涌出来。即使早春的太阳再热烈，它们仍保持着应有的迟缓。因为，倒春寒是常有的。当一场寒流杀死先露头的绿芽儿，那些迟迟未发芽的草籽、未醒来的小虫子们便幸存下来，成为这片大地的又一次生机。

春天，我喜欢早早地走出村子，雪前脚消融，我后脚踩上冒着热气的荒地。我扛着锨，拿一截绳子。雪消之后荒野上会露出许多东西：一截干树桩，半边埋入土中的柴火棍……大地像突然被掀掉被子，那些东西来不及躲藏起来。草长高还得些时日。天却一天天变长。我可以走得稍远一些，绕到河湾里那棵歪榆树下，折一截细枝，看看断茬处的水绿便知道它多有生气，又能旺势地活上一年。每年春天我都会最先来到这棵榆树下，看上几眼。它是我的树。那根直端端指着我们家房顶的横杈上少了两个细枝条，可能入冬后被谁砍去当筐把子了。上个秋天我爬在树上玩时就发现它是根好筐把子，我没舍得砍。再长粗些说不定是根好锨把呢。我想。它却没能长下去。

我无法把一棵树、树上的一根直爽枝条藏起来，让它秘密地为我一个人生长。我只藏埋过一个西瓜，它独独地为我长大、长熟了。

发现那棵西瓜时它已扯了一米来长的秧，根上结了拳头大的一个瓜蛋，梢上还挂着指头大的两个小瓜蛋。我想是去年秋天挖柴的人在这儿吃西瓜吐的籽。正好这儿连根挖掉一棵红柳，土虚虚的，很肥沃，还有根挖走后留下的一个小蓄水坑，西瓜便长了起来。

那时候雨水盈足，荒野上常能看见野生的五谷作物：牛吃进肚子没消化掉又排出的整粒苞米，鸟飞过时一松嘴丢进土里的麦粒、油菜籽，鼠洞遭毁后埋下

的稻米、葵花……都会在春天发芽生长起来，但都长不了多高又被牲畜、野动物啃掉。

这棵西瓜迟早也会被打柴人或动物发现。他们不会等到瓜蛋子长熟便会生吃了它。谁都知道荒野中的一颗瓜你不会第二次碰见。除非你有闲工夫，在这颗西瓜旁搭个草棚住下来，一直守着它长熟。我倒真想这样去做。我住在野地的草棚中看守过几个月麦垛，也替大人看守过一片西瓜地。在荒野中搭草棚住下，独独地看着一颗西瓜长大这件事，多少年后还在我的脑子想着。我却没做到。我想了另外一个办法：在那颗瓜蛋子下面挖了一个坑，让瓜蛋吊进去。用木棍、草叶和土小心地把坑顶封住。把秧上另两个小瓜蛋掐去。秧头打断，不要它再张扬着长。让人一看就知道这是一截啥都没结的西瓜秧，不会对它过多留意。

此后的一个多月里，我又来看过它三次。显然，有人和动物已经来过，瓜秧旁有新脚印。一只圆形的牛蹄印，险些踩在我挖的坑上。有一个人在旁边站了好一阵，留下一对深脚印。他可能不太相信自己的眼睛，还蹲下用手拨了拨西瓜叶——这么粗壮的一截瓜秧，怎么会没结西瓜呢。

又过了一些日子，我估摸着那个瓜该熟了。大田里的头茬瓜已经下秧。我夹了条麻袋，一大早悄悄溜出村子。当我双手微颤着扒开盖在坑顶的土、草叶和木棍——我简直惊住了，那么大一个西瓜，满满地挤在土坑里。抱出来发现它几乎是方的。我挖的坑太小，太方正，让它委屈地长成这样。

当我把这个瓜背回家，家里人更是一片惊喜。他们都不敢相信这个怪模怪样的东西是一个西瓜。它咋长成这样了。

出河湾向北三四里，那片低洼的荒野中蹲着另一棵大榆树，向它走去时我怀着一丝的幻想与侥幸：或许今年它能活过来。

这棵树去年春天就没发芽。夏天我赶车路过它时仍没长出一片叶子。我想它活糊涂了，把春天该发芽长叶子这件事忘记了。树老到这个年纪就这样，死一阵子活一阵子。有时我们以为它死彻底了，过两年却又从干裂的躯体上生出几条嫩枝，几片绿叶子。它对生死无所谓了。它已长得足够粗。有足够多的枝杈，尽管被砍得剩下三两个。它再不指点什么。它指向的绿地都已荒芜。在荒野上一棵大树的每个枝杈都指示一条路。有生路有死路。会看树的人能从一棵粗壮枝权的指向找到水源和有人家的住居地。

这片土地上的东西已经不多了：树、牲畜、野动物、人、草地，少一个我便能觉察出。我知道有些东西不能再少下去。

每年春天，让我早早走出村子的，也许就是那几棵孤零零的大榆树、洼地里的片片绿草，还有划过头顶的一声声鸟叫——鸟儿们从一棵树，飞向远远的另一棵。飞累了，落到地上喘气……如果没有了它们，我会一年四季待在屋子里，四面墙壁，把门和窗户封死。我会不喜欢周围的每一个人。恨我自己。

在这个村庄里，人可以再少几个，再走掉一些。那些树却不能再少了。那些鸟叫与虫鸣再不能没有。


在春天，有许多人和我一样早早地走出村子，有的扛把锨去看看自己的地。尽管地还泥泞。苞谷茬端扎着。秋收时为了进车平掉的一截毛渠、一段埂子，还原样地放着。没什么好看的，却还是要绕着地看一圈子。

有的出去拾一捆柴背回来。还有的人，大概跟我一样没什么事情，只是想在冒着热气的野外走走。整个冬天冰封雪盖，这会儿脚终于踩在松软的土上了。很少有人在这样的天气窝在家里。春天不出门的人，大都在家里生病。病也是一种生命，在春天暖暖的阳光中苏醒。它们很猛地生发时，村里就会死人。这时候，最先走出村子挥锨挖土的人，就不是在翻地播种，而是挖一个坟坑。这样的年成命定亏损。人们还没下种时，已经把一个人埋进土里。

在早春我喜欢迎着太阳走。一大早朝东走出去十

几里，下午面向西逛荡回来，肩上仍旧一把锨一截绳子。有时多几根干柴，顶多三两根。我很少捡一大捆柴压在肩上，让自己弓着背从荒野里回来——走得最远的人往往背回来的东西最少。

我只是喜欢让太阳照在我的前身。清早，刚吃过饭，太阳照着鼓鼓的肚子，感觉嚼碎的粮食又在身体里葱葱郁郁地生长。

我同样能体会到这只常年爬行、腹部晒不到太阳的小甲壳虫，此刻仰面朝天躺在地上的舒服劲儿。一个爬行动物，当它想让自己一向阴潮的腹部也能晒上太阳时，它便有可能直立起来，最终成为智慧动物。仰面朝天是直立动物享乐的特有方式。一般的爬行动物只有死的时候才会仰面朝天。

这样想时突然发现这只甲壳虫朝天蹬腿的动作有

些僵滞，像在很痛苦地抽搐。它是否快要死了。我躺在它旁边。它就在我头边上。我侧过身，用一个小木棍拨了它一下，它正过身来，光滑的甲壳上反射着阳光，却很快又一歪身，仰面朝天躺在地上。

我想它是快要死了。不知什么东西伤害了它。这片荒野上一只虫子大概有两种死法：死于奔走的大动物蹄下，或死于天敌之口。还有另一种死法——老死，我不太清楚。在小动物中我只认识老蚊子。其他的小虫子，它们的死太微小，我看不清。当它们在地上走来奔去时，我确实弄不清哪个老了，哪个正年轻。看上去它们是一样的。

老蚊子朝人飞来时往往带着很大的嗡嗡声。飞得也不稳，好像一只翅膀有劲儿，一只没劲儿。往人皮肤上落时腿脚也不轻盈，很容易让人觉察，死于一巴掌之下。

一次我躺在草垛上想事情，一只老蚊子朝我飞过来，它的嗡嗡声似乎把它吵晕了，绕着我转了几圈才落在手臂上。落下了也不赶紧吸血，仰着头，像在观察动静，又像在大口喘气。它犹豫不定时，已经触动我的一两根汗毛，若在晚上我会立马一巴掌拍在那里。可这次，我懒得拍它。一只老蚊子，已经不怕死，又何必置它于死地。再说我一挥手也耗血气，何不让它吸一点血赶紧走呢。

它终于站稳当了。它的小吸血管可能有点钝，它往下扎了一下，没扎进去，又抬起头，猛扎了一下。一点细微的疼。是我看见的。我的身体不会把这点细小的疼传到心里。它在我痛感不知觉的范围内吸吮鲜血。那是我可以失去的。我看见它的小肚子一点点红

起来，皮肤才有了点痒，我下意识抬起手，做挥赶的动作。它没看见，还在不停地吸，半个小肚子都红了。我想它该走了。我也只能让它吸半肚子血。剩下的到别人身上去吸吧。再贪嘴也不能叮住一个人吃饱。这样太危险。可它不害怕，吸得投入极了。我动了动胳膊，它翅膀扇了一下，站稳身体，丝毫没影响嘴的吮吸。我真恼了，想一巴掌拍死它，又觉得那身体里满是我的血，拍死了可惜。

这会儿它已经吸饱了，小肚子红红鼓鼓的，我看见它拔出小吸管，头晃了晃，好像在我的一根汗毛根上擦了擦它吸管头上的血迹，一蹬腿飞起来。飞了不到两拃高，一头栽下去，掉在地上。

这只贪婪的小东西，它拼命吸血时大概忘了自己是只老蚊子了。它的翅膀已驮不动一肚子血。它栽下去，立马就死了。它仰面朝天，细长的腿动了几下，我以为它在挣扎，想爬起来再飞。却不是。它的腿是风吹动的。

我知道有些看似在动的生命，其实早死亡了。风不住地刮着它们，从一个地方，到另一个地方，再回来。

这只甲壳虫没有马上死去。它挣扎了好一阵子了。我转过头看了会儿远处的荒野、荒野尽头的连片沙漠，又回过头，它还在蹬腿，只是动作越来越无力。它一下一下往空中蹬腿时，我仿佛看见一条天上的路。时光与正午的天空就这样被它朝天的小细腿一点点地西移了一截子。

接着它不动了。我用小棍拨了几下，仍没有反应。

我回过头开始想别的事情。或许我该起来走了。

我不会为一只小虫子的死去悲哀。我最小的悲哀大于一只虫子的死亡。就像我最轻的疼痛在一只蚊子的叮咬之外。

我只是耐心地守候过一只小虫子的临终时光，在永无停息的生命喧哗中，我看到因为死了一只小虫而从此沉寂的这片土地。别的虫子在叫。别的鸟在飞。大地一片片明媚复苏时，在一只小虫子的全部感知里，大地暗淡下去。

# 谁的影子

那时候，喜欢在秋天的下午捉蜻蜓，蜻蜓一动不动趴在向西的土墙上，也不知哪来那么多蜻蜓，一个夏天似乎只见过有数的几只，单单地，在草丛和庄稼地里飞，一转眼便飞得不见。或许秋天人们将田野里的庄稼收完草割光，蜻蜓没地方落了，都落到村子里。一到下午几乎家家户户每一堵朝西的墙壁上都趴满了蜻蜓，夕阳照着它们透明的薄翼和花色各异的细长尾巴。顺着墙根悄悄溜过去，用手一按，就捉住一只。被捉住了也不怎么挣扎。一只被捉走了，其他的照旧静静趴着。如果够得着，搭个梯子，把一墙的蜻蜓捉光，也没一只飞走的。好像蜻蜓对此时此刻的阳光迷恋至极，生怕一拍翅，那点暖暖的光阴就会飞逝。蜻蜓飞来飞去最终飞到夕阳里的一堵土墙上。人东奔西波最后也奔波到暮年黄昏的一截残墙根。

　　捉蜻蜓只是孩子们的游戏，长大长老的那些人，坐在墙根聊天或打盹，蜻蜓趴满头顶的墙壁，趴在黄旧的帽檐上，像一件精心的刺绣。人偶尔抬头看几眼，接着打盹或聊天，连落在鼻尖上的蚊子，也懒得拍赶。仿佛夕阳已短暂到无法将一个动作做完，一口气吸完。人、蜻蜓和蚊虫，在即将消失的同一缕残阳里，已无从顾及。


　　也是一样的黄昏，从西边田野上走来一个人，个

子高高的，扛着锹，走路一摇一晃。他的脊背趴满晒太阳的蜻蜓，他不知觉。他的衣裳和帽子，都被太阳晒黄。他的后脑勺晒得有些发烫。他正从西边一个大斜坡上下来，影子在他前面，长长的，已经伸进家。他的妻子在院子里，做好了饭，看见丈夫的影子从敞开的大门伸进来，先是一个头——戴帽子的头，接着是脖子，弯起的一只胳膊和横在肩上的一把锹。她喊孩子打洗脸水："你爸的影子已经进屋了。快准备吃晚饭了。"

孩子打好水，脸盆放在地上，跑到院门口，看见父亲还在远处的田野里走着，独独的一个人，一摇一晃的。他的影子像一渠水，悠长地朝家里流淌着。

那是谁的父亲。

谁的母亲在那个门朝西开的院子里，做好了饭。谁站在门口朝外看。谁看见了他们……他停住，像风中的一片叶子停住、尘埃中的一粒土停住，茫然地停住——他认出那个院子了，认出那条影子尽头扛锨归来的人，认出挨个摆在锅台上的八只空碗，碗沿的豁口和细纹，认出铁锅里已经煮熟冒出香味的晚饭，认出靠墙坐着抽烟的大哥，往墙边抬一根木头的三弟、四弟，把木桌擦净、一双一双总共摆上八双筷子的大妹梅子，一只手拉着母亲后襟嚷着吃饭的小妹燕子……

他感激地停留住。

# 我独自过掉的两种生活

## 墙洞

我每天去那个洞口，我趴在地上，一边脸贴着地朝里面看，什么都看不见。有时洞里钻出一只猫，它像在那边吃饱了老鼠，嘴没舔干净，懒洋洋地出来。有时那只黑母鸡，在墙根走来走去，一眨眼钻进墙洞不见了，过一阵子，它又钻出来，跑到鸡窝旁"咯咯"地叫。我母亲说，黑母鸡又把蛋下哪儿去了。她说话时眼睛盯着我，好像心里清楚我知道鸡把蛋下哪儿了。我张着嘴，想说什么又没有声音。

整个白天院子里就我一个人。他们把院门朝外锁住，隔着木板门缝对我喊，好好待着，别乱跑。我母亲快中午时回来一趟，那时我已在一根木头旁睡着了。母亲轻轻喊我的名字。我知道自己醒了，却紧闭双眼，一声不吭。也有时我听见她回来，趴在门框上，满眼泪花看着她开门。家里出了许多事。有一个人翻进院子，把柴垛上一根木头扛走了。他把木头扛过来，搭在院墙上，抱着木头爬上去，把木头拿过墙，搭在另一边，又抱着溜下去。接着我看见那根木头的一端，在墙头晃了一下，不见了。

　　突然有一天，他们没有回来。我待到中午，趴在木头上睡一觉醒来，又是下午，或另一个早晨，院子里依旧没有人，我扒着木板门缝朝外看，路上空空的。

不时有人拍打院门，喊父亲的名字。又喊母亲的名字。一声比一声高。我躲在木头后面，不敢出来。家里不断出一些事情。还有一个人，双手扒在墙头，像只黑黑的鸟，窥视我们家院子。他的眼睛扫过家里每一样东西，从南边的羊圈、草垛，到门前的灶头、锅、立在墙根的铁锨，当他看见尘土中呆坐的我，突然张大嘴，瞪大眼睛，像喊叫什么，又茫然无声。

我在那时钻过墙洞，我跟在那只黑母鸡后面。它一低头，我也低着头，跟着钻进去。墙好像很厚。有一会儿，眼前黑黑的。突然又亮了。我看见一个荒废的大院子，芦苇艾蒿遍地。一堵土院墙歪扭地围拢过去。院子的最里边有一排低矮的破土房子，墙根芦苇丛生。一棵半枯的老柳树，斜遮住屋角。

从那时起前院的事仿佛跟我没关系了。我每天到后院里玩。我跟着那只黑母鸡走到它下蛋的草垛下，看见满满的一窝蛋。我没动它们。我早就知道它会有那么多蛋藏在这边。我还跟着那只猫走到它能到达的角角落落，我的父母从不知道，在我像一只猫、一只鸡那样大小的年纪，我常常地钻过墙洞，在后面的院子里玩到很晚。直到有一天，我无法回来。

　　那一天我回来晚了，许多天我都回来晚了。太阳落到院墙后面，星星出来了，我钻过墙洞。院子里空空的，他们不在家。我趴在木板门框上，眼泪汪汪，听外面路上的脚步声，人说话的声音。它们全消失后我听见父亲的脚步声。他总是走在母亲前面，他们在路上从来不说一句话，黑黑地走路，常常是父亲在院门外停住了，才听见母亲的脚步声，一点点移过来。

　　那一天比所有时候都更晚。我穿过后院的每一间房子。走过一道又一道木框松动的门，在每一个角落翻找。全是破旧东西，落满了土，动一下就尘土飞扬。在一张歪斜木桌的抽屉里，我找到一张发黄的黑白照片。照片上是一个很像我父亲的清瘦老人，留着稀疏胡须，目光祥和地看着我。那时我还不知道他是我死去多年的爷爷。他就老死在后院这间房子里。在他老得不能动弹那几年，我的父母在前面盖起新房子、围起院墙，留一个小木门通到后院。他们给他送饭、生炉子、太阳天晾晒被褥。我不知道那时候的生活，可能就这样。爷爷死后这扇小木门再没有打开过。


　　后院里照着我不认识的昏黄阳光，暖暖的，却不明亮。墙和木头的影子静静躺在地上。我觉不出它的移动。我从一扇木门出来，又钻进一扇矮矮的几乎贴地的小窗户。那间房子堆满了旧衣服，发着霉味。我一一抱出来，摊在草地上晾晒。那些旧衣服从小到大，整整齐齐叠放着（我有过多么细心的一个奶奶啊）。我把它们铺开，从最小的一件棉夹袄，到最大的一条蓝布裤子，依次摆成一长溜。然后，我从最宽大的那条裤子钻进去，穿过中间的很多件衣服，到达那件小夹袄跟前，我的头再塞不进去，身子套不进去，然后再回过头，一件件钻过那些空洞的衣服。当我再一次从那件最大号的裤子探出头，我知道了从这些空裤腿、袖子、破旧领口脱身走掉的那个人可能是我父亲。

我是否在那一刻突然长大了。

在我还能回来的那些上午、下午，永远是夏天。我的母亲被一行行整齐的苞谷引向远处。地一下子没有尽头。她给一行苞谷间苗，或许锄草，当她间完前面的苗，起身返回时后面的苞谷已经长老了。她突然想起家里的儿子。那时我父亲正沿一条横穿戈壁的长渠回来。他早晨引一渠水浇苞谷地。他扒开口子，跟着渠水走。有时水走得快，远远走在前头。有时水让一个坎挡住，像故意停下来等他。他赶过去，挖几锨。那渠水刚好淌到地头停住了。我的父亲不知道上游的水源已经干涸。他以为谁把水截走了。他扛着锨，急急地往上游走，身后大片的苞谷向他干裂着叶子。他在那片戈壁上碰见往回赶的母亲。他们都快认不出来。

怎么了？

怎么回事？

他们相互询问。

我认为是过了许多天的那段日子，也许仅仅是一个下午。我不会有那样漫长的童年。我突然在墙那边长大。我再钻不过那个墙洞。我把头伸过去，头被卡住。腿伸过去，腿被卡住。天渐渐黑了，好像黑过几次又亮了。我听见他们在墙那边找我，一遍遍喊我的名字。我大张着嘴，发不出一丝声音。

我试着找别的门。这样的破宅院，一般墙上都有豁口，我沿墙根转了一圈又一圈，以前发现的几个小豁口都被谁封住了，墙也变得又高又陡。我不敢乱跑，趴在那个洞口旁朝外望。有时院子里静静的，他们或许出去找我了。有时听见脚步声，看见他们忙乱的脚，移过来移过去。

他们几乎找遍所有的地方，却从没有打开后院的门，进来找我。我想他们把房后的院子忘了，或许把后院门上的钥匙丢了。我在深夜故意制造一些响动，想引起他们注意。我使劲儿敲一支破铁筒，用砖头击打一截朽空的木头。响声惊动附近的狗，全跑过来，围着院墙狂吠。有一只狗，还跑进我们家前院，嘴对着这个墙洞咬。可是，没有一个人走过来。

　　许多天里我听见他们呼喊我的声音。我的母亲在每个路口喊我的乳名，她的嗓子叫哑了，拖着哭腔。我的父亲沿一条一条的路走向远处。我趴在墙洞那边，看见他的脚，一次次从这个院子起程。他有时赶车出去，我看见他去马棚下牵马，他的左脚鞋帮烂了，我看见那个破洞，朝外翻着毛，像一只眼睛。另一次，他骑马出去找我。马车的一个轮子在上一次外出时摔破了。我看见他给马备鞍，他躬身抱马鞍子时，我甚至看见他的半边脸。他左脚的鞋帮更加破烂了。我看不见他的上身，不知他的衣服和帽子，都旧成什么样子。我想喊一声，却说不出一点声音。

我从后院的破烂东西中，翻出一双旧布鞋，从墙洞塞出去。我先把鞋扔过墙洞，再用一根长木棍把它推得离洞口稍远一些。第二天，我看见父亲的脚上换了这双不算太破的旧鞋。我希望这双旧鞋能让他想起早先走过的路，记起早年后院里的生活，并因此打开那扇门，在他们荒弃多年的院子里找到我。可是没有。他又一次赶车出去时秋收已经结束。我听见母亲沙哑的声音对他说，就剩下北沙窝没找过了。你再走一趟吧，再找不见，怕就没有了。让狼吃了也会剩下骨头呀。

他们说话时，就站在离洞口一米远处，我在那边呆呆地看着他们的脚，一动不动。

这期间我的另一个弟弟来到家中。像我早已见过的一个人。我独自在家的那些日子，他从扣上的院门，从院墙的豁口，从房顶、草垛，无数次地走进院子。我跟他说话，带他追风中的树叶。突然地，看见他消失。

只是那时，他没有经过母亲那道门。他从不知道的门缝溜进来，早早地和我成了兄弟。多少年后，他正正经经来到家中，我已在墙的另一面，再无法回来。

我企望他有一天钻过墙洞，和我一起在后院玩。我用了好多办法引诱他。我拿一根木棍伸过墙洞，拨那边的草叶，还在木棍头上拴一片红布，使劲儿摇。可是，他永远看不见这个墙洞。有几次他从洞口边走过去。他只要蹲下身，拨开那丛贴墙生长的艾蒿草，就能看见我。母亲在屋里做饭时，他一个人在院子里玩。他很少被单独留在家里。母亲过一会儿出来喊一声。早些时候喊一个名字，后来喊两个名字。我的弟弟妹妹，跟我一样，从来不懂得答应。

我趴在洞口，看见我弟弟的脚步，移过墙根走到柴垛旁，他一歪身钻进柴垛缝。母亲看不见他，在院子里大喊，像她早年喊我时一样。过一阵子，母亲到院门口喊叫时，我的弟弟从柴垛下钻出来。我从来没发现柴垛下面有一个洞。我的弟弟，有朝一日像我一样突然消失，他再钻不回来。我不知道柴垛下的洞通向哪里。有一天他像我一样回不来，在柴垛的另一面孤单地长大。他绕不进这个院子，绕不过一垛柴。直到我的母亲烧完这垛柴，发现已经长大成家的儿子，多少年，在一垛柴后面。

在这个院子，我的妹妹在一棵不开花的苹果树后面，孤单地长到出嫁。她在那儿用细软的树枝搭好家，用许多个秋天的叶子缝制嫁衣。我母亲有一年走向那棵树，它老不开花，不结果。母亲想砍了它，栽一棵桃树。她拨开密密的树枝发现自己的女儿时，她已到出嫁年龄。我在洞口看见她们，一前一后往屋子里走。我看不见她们的上半身。母亲一定紧拉着她们的手。

你们咋不答应一声，咋不答应一声。我的嗓子都喊哑了。

母亲说这句话时，她们的脚步正移过墙洞。

我们就这样过着自己不知道的日子，我父亲只清楚他有一个妻子，两三个儿女。当他赶车外出，或扛农具下地，他的妻子儿女在另一种光阴里，过着没有

他的生活。而我母亲，一转眼就找不到自己的儿子。她只懂得哭，喊，到远处找，从来不知道低下头，看看一棵蒿草下面的小小墙洞。

　　我从后院出来时已是一个中年人。没有谁认识我。有一年最北边的一个墙角被风刮倒，我从那个豁口进进出出。我没绕到前院去看我的父亲母亲。在后院里我收拾出半间没全塌的矮土房子，娶妻生子。我的儿子两岁时，从那个墙洞爬到前院，我在洞口等他回来。他去了一天、又一天。或许只是一会儿工夫，我眼睛闭住又睁开。他一头灰土钻回来时，我向他打问那边的事。我的儿子跟我一样只会比画，什么都说不清。我让他拿几样东西回来。是我早年背着父母藏下的东西。我趴在洞口给他指：看，那截木头下面。土块缝里。

他什么都找不到，甚至没遇见一个人。在他印象里墙洞那边的院子永远空空的。我不敢让他时常过去，我想等他稍长大一些，就把这个墙洞堵住。我担心他在那边突然长大，再回不来。

就这样过了好些年。有一年父亲不在了，我听见院墙那边母亲和弟妹的哭喊声。有一年我的弟弟结婚，又一年妹妹出嫁，我依旧像那时一样，趴在这个小洞口，望着那些移来移去的脚。有时谁的东西掉到地上，他弯腰捡拾，我看见一只手，半个头。


仍不断有鸡钻过来，在麦草堆上下一个蛋，然后出去，在那边"咯咯"地叫。有猫跑到这边捉老鼠。我越来越看不清前院的事。我的腰已经弓不下去，脸也无法贴在地上。耳朵也有点背。一次我隐约听母亲说，后院那个烟囱经常冒烟。

母亲就站在洞口一米处，我看见她的脚尖，我手中有根木棍就能触到她的脚。

"是一户新来的，好像是谁家的亲戚。"父亲说。

父亲的脚离得稍远一些，我看见他的腿朝两边撇开。

"他住我们家的房子也不说一声。"

"他可能住了很多年了。多少年前，我就听见后院经常有动静。我以为是鬼，没敢告诉你。我父母全在那间房子老死的。死过人的房子常有响动。"

我隐隐听见母亲说，要打开后院的门进去看看。又说找不见钥匙了。或许有钥匙但锁孔早已锈死。

他们说话时，我多想从墙洞钻过去，站在他们面前，说出所有的事。

可是，当我走出后院的豁口，绕过院墙走到前院门口时，又径直地朝前走去。我不是从这个门出去的，我对那扇半掩的木板门异常陌生。我似乎从未从外面进入过。就像我在路上遇见牵牛走来的父亲。这个一次次在远路上找过我的父亲。我向他一步步地走近，我的心快跳出来。我想遇面的一瞬他会叫出我的名字。我会喊一声父亲。尽管我压根发不出一丝声音。可是，什么都不会发生。我们只是互望一眼，便相错而去。我们早已无法相识。我长得越来越不像他。

我只有从那个再不能钻过的墙洞回来，我才是他的儿子。我才能找到家，找到锅头，扣在案板上的碗和饭。找到我每个中午抱着睡着的那根木头，找到我母亲少有的一丝微笑，和父亲的沉默和寡言。

在另外的地方我没办法认识他们。即使我从院门

进来，我的父母一样不会接受，一个推开院门回来的儿子。我不是从院门走失的。他们回来的那个傍晚院门紧锁，而我不见了。

有一天我硬要从这个墙洞钻过去，我先塞进头，接着使劲儿往里塞肩膀和身子。我的头都快出去了，身子却卡在墙中，进退不能。

我的妻子回来，见我不在家，就出去找。找一趟回来我还不在，她又出去，在村里每户人家问。在每个路口喊我的名字。像早年我母亲喊我一样。

一个下午，她找到前面的院子，问我母亲有没有看见她丈夫。我听她哭哑着嗓子说话，听见我母亲低声的回答。她一定从我妻子身上看见多年前的自己。那时她就这副失魂落魄的样子找我。

我妻子出去时，我的儿子一人留在院子。他哭喊一阵，趴在木头上睡着，醒来又接着哭喊。多少年前，我跟他一样在前院度过这样的日子。只是我不会喊。

　　天黑以后，我听见妻子回来的脚步声。那时，我的儿子已趴在地上睡着。她抱起他哭。她的哭腔在夜里拖得很长很长。我动不了头，也动不了身子。这期间一只黑母鸡每天走到洞口。第一次它的头都伸进来了，眼看碰到我的脸，赶紧缩回去，跑开几步。以后它每天来到洞口，偏着头看里面，看见我一样望着它的眼睛，它叫几声。有时它转过身，用爪子向洞口刨土。我不知道它的意图。我的头和脸都被土蒙住，眼睛也快睁不开。


　　一个早晨，我母亲起来收拾院子，她拿着一把芨苠扫帚，刷刷地扫地上的树叶和土，有一扫帚，就从墙洞口的草根下刷过去，我一惊，睁开眼睛，看见我们家的一个早晨。晨光将院子染得鲜红。我的母亲开始生炉做饭。我听见她折柴火的声音。听见炉中火焰的声音。听见铁勺和锅碗的轻碰擦摩。过了会儿，母亲端碗过来，坐在那根木头上，家里只剩下她一个人。父亲不在了。妹妹出嫁。弟弟也不知到哪儿去了。我看不见她手中的碗，看不见她拿筷子的手和一双不知在看着什么的眼睛。我只闻见饭的味道，像在很多年前的中午，我在那时候，永远地闭住眼睛。

我的儿子有一天来到墙根，他转了好几圈，没找到那个墙洞。一层一层的尘土和落叶，埋住我露在洞外的腿和脚。我的儿子站在又一个秋天的落叶上面，踮起脚尖，想看见前院。他使劲儿跳蹦子。他的头一下一下地蹿过墙头又落下。他看见墙那边的果树，看见一个秋天的菜园子，旁边塌了一半的马圈棚。他没有看见我母亲。那时她已直不起腰，整日佝偻着身子，在院子里走动。有一天，她会走到那棵靠墙生长的艾蒿草跟前，拨开枝叶，看见那个小墙洞，她会好奇地把一边脸贴在地上，往里面望，或许什么都看不见。或许，她会看见我差一点就要伸出洞口的头顶。

## 老鼠

我整夜整夜睡不着。天空在落土。天一黑天空就开始落土。后来白天也落。我们以为人踩起的土在落。那时候人都慌张了，四处奔波，牲口也跟着奔波，被踩起的土一阵一阵朝天上落。夜晚悄静下来时那些土又往回落。越落越多，永远都落不完。

我们没踩起这么多土呀。

赶人意识到天已经变成土天时，人倒不乱跑了。或许奔波乏了，都躲在屋里不愿露头。偶尔遇见一两个走路人，全耷拉脑袋，不住地摇头，像干了多大的懊恼事。其实在抖头上的土。不断下落的尘土先把人的脊背压弯，再把头压垂，接着两只前肢落地。两米之外就分不清人畜。三五米外啥都看不见，全是黄昏昏的土。

我从那时起整夜睡不着。白天也睡不着。我躺在大土炕的最西边，一遍遍地想着事情。天空不断在落土，能听见屋顶的椽子微微下垂的声音。听见土墙一毫毫下折的声音。每到半夜，我父亲就会上房去扫土。我听见他开门出去，听见他爬立在东墙的梯子。然后听见他的脚落到房顶。椽子嘎巴巴响。听见扫帚刷刷的声音。父亲下房后我又听见房顶的椽子檩子，在一阵细微的响动中，复原自己。

夜夜有孩子在哭。狗拖着长腔朝天上叫。出生了不少孩子，那些年。有的没长大就死掉了。有的长大后死了。整个那一茬人，没几个活下来的。老鼠越来越多。地上到处是洞。那时落下的土，多少年后又飞扬起来，弥天漫地。那时埋掉的人，又一个个回到地面。只是，我没有坚持住自己。我变成了另一种动物，悄无声息生活在村子地下。我把我的口粮从家里的粮仓中，一粒粒转移到地下。把衣服脱在地上，鞋放在窗台。我的家人以为我被土埋掉了。

一群群的鸟经过村子，高声鸣叫，像在喊地上的人：走了，走了。人不敢朝天上看，簌簌下落的土一会儿就把人的眼睛糊住。鸟飞着飞着翅膀不动了，一头栽下来。一落地很快埋进土里找不见。牲口不断地挪动蹄子。树越长越矮，一棵变成好多棵。人不停地走，稍站一会儿就被土埋掉半截子。喊人救命。过来一个扛铁锨的，把他挖出来。

经常有人被土埋掉，坐在墙根打个盹人就不见了。走累了在地上躺一会儿人就不见了。剩下的人已经没力气挖土里人。

人人扛着铁锨。只有不断在院子里挖土，才能找到昨天放下的东西。铁锨本身也在被土埋没。根本没有路。以前的路早看不见了，新的路再不可能被踩出。人除了待在家，哪儿都不敢去。麦子长黄时，土已经涌到穗头，人贴着地皮收割麦穗，漏收的被土埋住，又生芽长叶。一茬接着一茬往上长。

我在那时候变成一只鸟了。我不敢飞。（或许我以前远飞过，翅膀越来越重，一头栽下来。）我在一只鸟落地那一瞬接住它的命。它活不成了，我替它活一阵子。我不住抖羽毛上的土，在越来越矮的房顶上走来走去。我的父亲过几个时辰出来一次，一抬腿跨上房顶。立在东墙上的梯子只露出一点头儿。这时我飞起来，听见父亲在底下刷刷地扫房顶的土。有一次我看见他拿一把锨挖东墙根的土，他大概想把那只梯子挖出来，从天窗伸进屋里。事实上不久以后他们便开始从天窗进出。门和窗子全埋入尘土。

　　我父亲干活时，我就站在他身后的树梢上。那棵树以前有十米高。我那时常坐在树下，看站在树梢上的鸟，飞走又落回来。我爬上树，却怎么也到不了那个最高的树枝。如今这棵树只剩下矮矮的树梢了。我

"爸、爸"地对着父亲大叫。叫出的声音却是"啊、啊"。我父亲好像听烦了，转身一锨土扬过来，我险些被埋掉，扑扇着翅膀飞走了。他已经不认识这个鸟儿子了。我在不远处伤心地看着他的脊背被土压弯，他的头还没有耷拉下去。他还在坚持。我为什么就坚持不住呢。

土刚开始下落的那些夜晚，我还能睡着。尘土像棉被一样覆盖村子和田野。土不像雨点一样打人，也不冰凉，也没有声音。它不断落在身上时人的皮肤会变重，而整个身体会逐渐放松。人很快就会睡过去。树上的叶子，在不知觉中被土压垂，落下去。我经常在半夜醒来，听见叶子沉沉的坠落声。家里人全在睡梦中。我兀地坐起，穿衣出门，在昏黄的月色中走遍整个村子。我推开一家又一家院门，轻脚走进院子，耳朵贴着窗户细听。

在很多个夜里，我重复着这件事，却又不知自己为什么要这样。村子里空空静静，月光把漫天的尘土染成昏黄（白天尘土是灰白的）。树啪啪往下掉叶子，听上去像无数个小人从树上往下跳。我不敢靠近树走，巷子中间有一窄溜露着月光。我往前走时心里想着最好遇见一个人。他从那头走过来，我听见他的脚步声，看见他模糊的影子。也许真遇见了我会害怕地停下来，转身往回跑，以为自己遇见鬼了。

还在早些时候，我就对父亲说，我们走吧，这地方住不成了。庄稼长一寸就被土埋掉一寸。树越长越低。什么东西都落满了土，一开始人拿起啥东西都要嘴对着吹一吹土，无论吃的还是用的。后来土落厚了就用手拍打。再后来人就懒得动了。土落在头上脸上也不洗了。落在身上也不拍打了。仿佛人们认为人世间就是这般境地。连我父亲都已经认命。他说，儿子，我们往哪儿走啊，满世界都是土。我说不是的，父亲，我知道有些地方天是蓝的，空气跟我们以前看见的一样透明。在那里田野被绿草覆盖。土地潮湿。风中除了秋天的金黄叶子，没有一粒尘土。

我父亲默然地看着我。

我们该走掉一个人。我说。总不能全让土埋在这里。

我说这些话时，一只一只的鸟正在飞离村子。有的飞着飞着翅膀不动了，直直掉下来。地上已经没有路。

很久以后，我父亲都坚持认为我走掉了。尽管家里其他人认为我被土埋掉了。他们知道我不好动，爱坐在墙根发愣，爱躺在地上胡想事情。最先被土埋掉的，就是这种人。他们说。

我父亲却坚信自己的看法。他说我正生活在一片没有尘土的蓝天下。他说我在那里仍旧没有忘记养成的习惯，拿起什么都要对在嘴上扑扑地吹两下，再用手拍打两下。

我们家总算走出去一个人。即使我们全埋掉了，多少年后，还会有一个亲人，扛着铁锨回来，挖出我们。

我父亲这样说时，我就躲在家里的桌子底下，羞愧地低着头。

我常常躲在这儿听家里人说话。

又一年过去了。每年秋收结束后，我父亲总会说这一句话。那时天已经黑了，家里人全待在屋里。收回的粮食也堆在屋里。一家人黑黑坐着，像在等父亲再说些什么。有人等着等着一歪身睡着。有人下炕去喝水，听见碗碰到水缸。外面簌簌在落土。我在他们全睡熟时，爬上炕沿，看见我以前睡觉的地方，放着两麻袋粮食，安安静静，仿佛我还躺在那里，一夜夜地想着一些事。我试着咬开一只麻袋，一半是土一半是麦子。

有时我听他们商量着，如何灭掉家里这一窝老鼠。他们知道老鼠洞就在桌子底下。他们在睡觉前，听见桌子底下的动静，说着要灭老鼠的事。说着说着全睡着了。从来没有人动手去做。猫在刚开始落土时就逃走了。村里的狗也逃走了。剩下人和牲畜。牲畜因为被人拴住没有走掉。人为啥也没走掉呢。

我父亲依旧在半夜上房扫土。不是从东墙的梯子，而是从天窗直接爬到房顶。门和窗户都被土埋掉了。我父亲上房后，先扛一把锨，在昏黄的月光里走遍村子，像我数年前独自走在有一窄溜月光的村巷。村子已不似从前，所有房子都被土埋掉一大半。露出的房顶一跨脚就能上去。我父亲趴在一户人家的天窗口，侧耳听一会儿里面的动静，又起身走向另一家。当回到自家的房顶"刷刷"地扫土时，依旧有一只鸟站在背后的矮树梢上，"啊啊"地对他大叫。

　　那已是另一只鸟了。

　　我父亲永远不会知道，他的儿子已经变成老鼠。

　　我原想变成一只鸟飞走的。

　　还在早些时候，我就对父亲说，我们飞吧，再晚就来不及了。

那时道路还没有全部被沙子埋没。在人还可以走掉时，人人怀着侥幸，以为土落一阵会停。

不断有鸟飞过村子。有的飞着飞着翅膀不动了，一头栽下来。更多的鸟飞过村子，在远处一头栽下来。可能有个别的鸟飞走了。

我在那时变成了鸟。

一只一只鸟的命，从天上往下落。在它们坠落之前，鸟的命是活的。鸟的惊叫直冲云霄。它们还在空中时，我能接住它们的命往下活。我那时已经在土里了。我的家人说的对，我确实被土埋掉了。我坐在墙根打了个盹，或许想了一会儿事情，我的身体就不见了。在土埋住我的眼睛前，我突然看见自己扇动翅膀。我看见自己翅膀的羽毛，黑白相间。很大的一双翅膀，悠然伸展开。我被它覆盖，温暖而幸福地闭上眼睛。

接下来是我的翅膀上面,那双鸟眼睛看见的世界。我并没有飞掉。只是在那一刻展开了翅膀。

以后的日子多么漫长,一年一年的光景从眼前过去了。在一只鸟的眼睛里,村庄一层层被土埋掉。我的家人只知道,屋旁日渐低矮的树梢上多了一只鸟。他们拿土块打它,举起铁锨撵,它飞出几米又回来。见了家里的谁都"啊啊"地叫。后来他们就不管它了。

他们在那个昏黄的下午,发现我不在了。那时他们刚从地里回来,在院子里拍打身上的土、头上的土。多少年后他们都不知道,这院房子一半被天上落下的土埋掉,一半被他们从身上抖下的土埋掉。村里有房子的地方都成了一座座沙土丘。他们抖完土进到屋里，很快就发现我不见了。不知从哪时开始，每天收工回来，家里人都要相互环视一遍，确认人都在了才开始吃饭。

他们又来到院子，大声喊我的名字。一人喊一声，七八个声音，此起彼伏。我在树枝上"啊啊"地叫，一块土块飞过来，险些打着我的翅膀，我看见是我的弟弟扔的，我赶紧飞开。

过了一会儿我飞回来时，他们已不喊我的名字了。天也黑了一些。我的弟弟拿一把铁锹，说要到我常喜欢待的地方去挖挖，看能否在土里找见我。我父亲却坚信我走远了，让他们别再费劲儿，都快进屋去。他们说话时我就站在旁边的树枝上，圆睁着双眼，陌生地看着他们。

每天夜里我都跳到房顶，头探进天窗，看睡了一炕的家人。看从前我睡觉的那片炕。我父亲半夜出来扫土时，我又落到一旁的树枝上，直直地看着他。他扛着锨在昏黄月光下的村子里，挨个地窥视那些天窗时，我就飞在他头顶，无声地扇动翅膀。

　　仿佛永远是暗夜。白天也昏昏沉沉。太阳在千重尘土之外，起起落落。我一会儿站在树枝上，一会儿又飞到房顶。他们很少出来了。地里的庄稼被土埋没。外面彻底没人做事情了。我不住抖着翅膀上的土，不住从土中拔出双脚。从外面看过去，村庄已成一座连一座的沙土丘。天上除了土什么都没有。已经好几年，天上不往过飞鸟了。我有些寂寞，就试着下了一个蛋，一转眼就找不见了。我用爪子挖土，用翅膀扇，都没用，土太厚了。过了一个月，我都快淡忘这件事了。突然，从我丢蛋的深土中钻出一只老鼠，我吓了一跳，正要飞开，老鼠说话了：爸爸，你原谅我。我没办法才变成老鼠。你也变成老鼠吧。你变成鸟，想在被土埋掉前远远飞走。可是，满世界都是土。我们只有土里的日子了。

那以后我才知道，好多人变成老鼠了。我以前认识的那些人，张富贵、麻五、冯七、王秀兰、刘五德，全鼠头鼠脑在土里生活，而且一窝一窝地活下来。我父亲在一个又一个昏黄月夜，耳朵贴着那些天窗口听见的已不是人的呼噜和梦呓，而是唧唧的老鼠叫声。

这个村庄只剩下我们一家人了。

我父亲扛着铁锨爬进天窗，看见缩在墙角灰头土脸的一群儿女。他赶他们出去，吹吹风，晒晒太阳。再窝下去身上就长出毛了。

他们全眼睁睁看着父亲，一动不动。

最后的几麻袋苞谷码在我以前睡觉的炕边，在中间那只麻袋的底下，有一个小洞，那是我打的，每天晚上，我从麻袋里偷十二粒苞谷。我和我的五个儿女（我已经五个儿女了），一个两粒，就吃饱了。

我估算着，我的家人要全变成老鼠，还可以活五年。那些苞谷足够一大窝老鼠吃五年。要接着做人，顶多熬五个月就没吃的了。到那时，我和我的儿女或许会活下去。老鼠总是比人有办法活下去。那些埋在沙土中的谷粒、草籽草根，都是食物。

我父亲肯定早想到了这些。他整夜在村子里转，一个人，一把铁锨。他的背早就驼了，头也耷拉下来。

像我许多年前独自在村里转。那时我整夜想着怎样逃跑，不被土埋掉。他现在只想着怎样在土里活下去。他已经无处逃跑了。我不知道他还能坚持多久。迟早有一天，他从外面回来，看见一群儿女全变成老鼠，唧唧地乱窜。他会举锨拍死他们，还是，睁一眼闭一眼，任他们分食最后的粮食。

他迈着人的笨重脚步，在村子里走动时，我就跟在他身后，带着我的五个儿女。我看见的全是他的背影。他走到哪儿，我们跟到哪儿。我对我的儿女说，看，前面那个黑乎乎的影子，就是你们的爷爷。我的儿女们有点怕他，不敢离得太近。我也怕他肩上的铁锨，怕他一锨拍死我。我的父亲永远不知道，他在昏黄的月色中满村子走动时，身后跟着的那一群老鼠，就是他的儿孙。

我的儿女们不止一次地问我：我们为啥一夜一夜地跟着这个人在村子里转。我无法说清楚。遍地都是老鼠，我父亲是唯一一个走在外面的人了。尽管他看上去已不太像人，他的背脊被土压弯，头被土压垂，但他肩上的铁锨，直直地朝天戳着。

　　大吴，90后绘本作家、插画师。小说、随笔散见于《读友》《最小说》《青年文摘》等刊物，曾为东野圭吾、李娟等作家的著作绘制插图。其绘本《树王》入选英国dPICTUS网站评出的2019年"世界100本优秀绘本"，曾凭绘本《小鸟和雕像》获2019年菠萝圈儿国际插画展新人奖。绘本《散步三部曲》获2021新京报年度阅读致敬奖、文学报年度最佳绘本等。